# パリの小学生と ペール・ラシェーズへ

**アンナ・ザヴォロンコ＝オレイニチャク**［著］

**藤崎典子**［翻訳］

写真物語

アメリー・ブリュノー
アルチュール・モロン
ベンガラ・サン＝ピエール
ダーラ・ディアグーラガ

**パリ20区ヴィトルーヴ学校の生徒**

ペール・ラシェーズ墓地（1804−2004年）200周年記念作品

BDT 出版：bdteditions@noos.fr
出版社ナンバー 2-9511030
電話 06.73.71.73.97

Ⓒ写真：アンナ・ザヴォロンコ＝オレイニチャク
すべての写真は複製を禁止されています。
電話 06.20.69.45.49

レイアウト：アンナ・ザヴォロンコ＝オレイニチャク
hanna.zaworonko@free.fr

印刷準備：Agence Surface
3, rue des Déchargeurs 75001 Paris
boyersurf@wanadoo.fr

印刷画像準備、奥付：Tres, 2004 年 5 月法定納本
TRES sp. z o.o. ul. Filarecka 3/3, 61-502 Poznan,
Pologne
www.tres.poznan.pl, e-mail: tres@tres.poznan.pl

保護者は写真画像の発売に同意しています。

ISBN：2-9511030-3-4

※原著の奥付です。

水島尚喜　Mizushima naoki
聖心女子大学教授　Professor/University of the Sacred Heart,Tokyo

一回性の貴重な記録

　本作は、2008年にカンヌ国際映画祭でパルムドール（最高賞）を獲得した映画『パリ２０区、僕たちのクラス』同様、様々な移民が生活するパリ２０区を舞台としています。映画では、教師と生徒の二極を軸にシナリオが展開されていましたが、このフォトドキュメンタリーでは、当地の墓地や訪れた子ども達にスポットが当てられます。過去に生きた人々の墓標空間と現在を生きる子ども達との出会いを重層化することで、良質のフランス映画のようなフレグランスが漂います。

　かつて日本人の写真家川島浩は、島小学校の子ども達の表情を通して、斎藤喜博の教育理念やその質を表現しました。文章だけでなく、子ども達の「生」と「学び」が、彼の写真を通して実体化されていたのです。子ども達の質的な学びは、一回性の貴重なフォトドキュメンタリーの手法を通して、普遍化することが可能となっていました。

　豊かな教員経験を持つ訳者／紹介者の藤崎典子さんは、日本の教育を鑑みて、目的の明確なプラン型の教育ではなく、未来投機的に未然形を可視化しようとするプロジェクト型の教育に可能性を見いだしているようにお見受けします。本作にプロジェクションされたフランスの子ども達の「生」の在り様は、「解無き時代の教育」を読み解く鍵となることでしょう。このフォトドキュメンタリーには、人生の質やその意味が隠喩されており、何よりも子どもの表情にその内容が見事に表現されているのです。

## 宮脇　理　Miyawaki osamu
## Independent Scholar ／元・筑波大学大学院教授

藤崎さんの本書への hommage を見る

　本書の最後に解説をされたアラン・モレル氏が墓所を（瞑想、敬意、生命の場であり、文化と歴史の場所である）と呼んでいることに同感です。
　歴史をずらし、繋げる、引き継ぐ、まさにフーガする音楽の旋律を感じるのです。そして、アラン・モレル氏は優れた仏蘭西市井の Archivist です。

　フーガに関わって連想したのがフランスの小説家／ギュスターヴ・フローベル（Gustave Flaubert ／ 1821-1880）の長編小説『感情教育』でした。二月革命前後のパリを舞台に、法科学生フレデリックの青春を描くこの小説にダブって、時間帯を今にずらして対置しますと、2015 年 1 月 7 日、風刺漫画で知られるフランスの政治週刊紙シャルリー・エブドの本社が武装集団に襲撃され、警官 2 人や編集長を含む計 12 人が殺害されました。事件直後には、テロに屈しない意思を示すため多くのフランス人が大規模な行進に参加したことにうなずき、さらにその約 10 カ月後の 11 月 13 日、ISIS の戦闘員と思われる複数の犯人による銃撃および爆発が同時多発的に発生、死者 132 名負傷者 300 人を超える惨事となりました。その二つ以外にも、教会襲撃を計画したアルジェリア人の逮捕、フランス南東部リヨン郊外のガス工場襲撃、パリ行き特急列車内のテロ未遂行為など、フランスはイスラム過激派に絡んだテロや未遂の連鎖が続いています。なぜフランスはイスラム過激派によるテロの標的になりやすいのか。近世仏蘭西国の動乱史と教育の関係を垣間見る思いです。

　仏蘭西が他の西欧諸国と比較してイスラム世界と関わる歴史と問題を抱えているにもかかわらず、同時に墓所をフーガする学習、学びとする余裕には驚かされます。教育を含む文化の質の柔軟にして強靭さ、そして「夢」を本書に託しての（本書の）訳出と上梓への想いこそは、訳者・藤崎典子さんの歴史と今を「生きる "ありよう"」に重なるのです。

2017.7. 盛夏

## 佐藤昌彦　Sato masahiko
## 北海道教育大学教授

子どもの未来と世界への眼差し

　子どもの未来のために、今、何を教育で重視するのか。フランスの教育に精通する藤崎典子氏が翻訳した本書は、その問いに答えるための貴重な教育実践の姿を提示しています。問いに正対するためには、日本はもちろんのこと、世界の教育をも踏まえて具体的な教育実践の姿を探ることが重要になるからです。

　教育実践とは、パリ 20 区ヴィトゥルーヴ学校において、フランス国民教育省の視学官であるロベール・グロトンの主導で開始された活動を指します。子どもたちは 4 ～ 5 人でグループをつくり、グループごとに違ったテーマでパリを調査したのです。『パリの小学生とペール・ラシェーズへ』では、ダーラ、アメリー、ベンガラ、アルチュールが中心となって活動しました。パリ IV 大学に留学し、パリ VIII 大学修士課程をも修了した翻訳者の藤崎氏は、「この本は、プロジェクト学習の一環としても、美術・歴史・文明書としても読めますが、読む人の視点や視座によっては、異なる姿を現してくれます。あなたも、自分らしい読み方で新たな発見をしてください」と記しています。藤崎氏のその言葉に添って述べれば、この本を子どもの未来を考えるための教育書ととらえることもできます。そして、冒頭の問いについては、「未来に対する責任」と答えることができるでしょう。世界へ眼差しを向けて、本書を翻訳された藤崎氏の姿に深く感銘を受けるとともに、その根底にある「未来に対する責任」の重要性をも強く感じたからです。

　藤崎氏は、中国と日本との国際交流にも貢献されています。2011（平成 23）年 12 月、宮脇 理氏、藤崎典子氏、齊藤暁子氏とともに、中国・上海の香山小学校を訪問した際、併設されていた学校美術館に藤崎氏が指導した日本の子どもたちの絵画作品が多数展示されていました。絵画交流は 13 年間にも及ぶとのことでした。日本の子どもたちの絵手紙を藤崎氏の手から受け取る香山小学校の子どもたちの満面の笑みを今でも忘れることができません。

017.7

## 訳者　まえがき

　花の都といわれるパリ、そこでは数十年も前からしばしばテロが起こり、小学生もその犠牲になってきました。それでも、日常は続いていきます。この本に主演する小学生の生活も…。

　現在、移民の多いパリ 20 区にある公立小学校―ヴィトゥルーヴ学校―の 5 年生 4 人が 1 グループになって『ペール・ラシェーズへのフーガ』をクラスの中心的存在になって創り出していくのがこの本の内容です。

　この学校の一連の教育的実践は、GFEN（新しい教育のフランスグループ）の活動的なメンバーでもあった、フランス国民教育省の視学官ロベール・グロトンの主導で 1962 年に始まっています。行政官が新教育を率先する姿勢に興味をひかれました。そして、プロジェクトの実現を通して教えるという教育方法であると同時に、両親の活動的な参加と教師・生徒による学校の共同管理に基づいて設立されたことにも共感を覚えました。付け加えると、この学校で実施した PISA テストや卒業生への追跡調査においては良好な結果が得られています。

　それで、公立小学校の図画工作専科教諭をしていた私は、この本を翻訳して皆さんにお伝えしたいと思いました。その後、病を得て、出版までに時間が経過してしまったことを、申し訳なく思っています。

　初見においては、墓地の暗さが印象的でしたが、数十回の読書に至ってようやく視界が開けてきました。この本は、プロジェクト学習の一環としても、美術・歴史・文明書としても読めますが、読む人の視点や視座によっては、異なる姿を現してくれます。

　私は、「mement mori（死を思え）」を実感したゆえに、生が輝きを増す体験をしました。あなたも、自分らしい読み方で新たな発見をしてください。

　終わりに、この本を読んでくださっている　―かつて子どもだったあなた、現在子どものあなた―

　すべての人にエールを贈ります。"生きてるって、素敵 !!"

支えつづけてくださった方々と、私の家族に

### ジャン＝ミッシェル・ローゼンフェル
**パリ 20 区助役**

ペール・ラシェーズ墓地：永遠に若い、記憶の場所。
君の素晴らしい車を開き、私達のところにおいでよ。君の眠っている下宿人たちが、にぎやかに踊ったことを彷彿とさせる思い出の庭園に。
ペール・ラシェーズ墓地。樹齢 100 年以上の木々の下に、どのような物語が隠されているのか？
おぼろげにロココの名残の残る錆びた鉄柵の後ろでは、誰が休んでいるのか？ そして、中世のオペレッタを印象づけるこの建造物は、ある家族の祈りをいまだに守っているのか？
ペール・ラシェーズ墓地。ルイ 14 世の聴罪司祭を高慢にすることができたものは、消えてしまった。
祖国を敬愛する民衆のパリ：若いピアフやショパン、石壁の隅の永遠、音楽や歌を夢見、有名作家が日々の繰り返しを輝かしい美辞麗句に変えていく。

ペール・ラシェーズ墓地。あるヒューマニスティックな良心の歴史。というのは、壁の下でパリ・コミューンの国民兵たちは最期を迎えたが、ある兵士は小石の道を追跡されずに助かったと噂されているから。

ペール・ラシェーズ墓地。若者が希望を散歩させる場所での恋人たちのバラードは、無遠慮なまなざしからの避難所となる；家族が長歩きしている間、母親は将来のことを、自分の赤ん坊の耳にはっきりとささやく。
ペール・ラシェーズ墓地。君は 200 年もの間、一本のしわも作らなかったね…こんな風に、君は永遠に若いんだ。

## クリスチャン・シャルレ

*著作『Le Père-Lachaise au cœur du Paris des vivants et des morts』（Découvertes Gallimard）の著者*

ペール・ラシェーズは、何よりも子どもにとって、最高に発見できる空間です。
無数の樹木と小灌木、あらゆる場所にいる鳥、猫、野生動物たちに対して無関心に犬を放すことを感動的なまでに禁止している所で、自然を発見するのです。
そして風景！　数世紀にわたってシャロンの丘は変容を遂げてきました。そこでは、パリ大司教の葡萄畑や果樹園、野菜畑、イエズス会の規則正しい庭園が、お墓に取り換えられていったのです。
ルイ14世が、いとこの公女によってバスティーユから発射された砲弾に立ち向かったフォーブール・サンタントワーヌの戦いを監視するために来た後、領主ラシェーズ神父は、どこに休息しに来たのでしょうか…。
その後、収容所の恐怖を受けた人々の苦しみと同様、パリ・コミューンの人々による自由のための戦いを思い起こさせる連邦の壁はどこに…。ペール・ラシェーズの至る所に、フランス史でもあり、ヨーロッパや世界のある部分の歴史でもあるパリの歴史の名残が漂っています。書物の中よりも具体的な例によって、快適で生き生きとしたやり方で子ども達は学ぶのではないでしょうか？　そう、彼らが望むなら。偉大な歴史書であり、同時に美術書とも文明書ともいえるこの本は、他者や異なる物への接近と尊敬を彼らに全面的に開いています。
彼らには、彼らの年齢相応の視点で見て回り、それを徹底的に活用するのがふさわしいのです。

### ベルトラン・ベイエルン
**作家**

子ども達と犬は墓場を恐れません。彼らは、その片隅で、語られることのみを待ちわびる、とりわけ不思議な話やあふれんばかりの驚きに出会うことをよく知っているのです。
その上さらに、ペール・ラシェーズにおいては、非常に古い石達と、樹齢100年を越えた木々が魔法をかけています。
ペール・ラシェーズ…風変わりな名前、子ども達の奇妙な庭…。
それにもかかわらず…まだ死というものが、おとぎ話やビデオゲームでしかない時、そこへ行って人生に入りこんで行こうじゃありませんか。昔の石畳で石蹴り遊びの初歩を身につけるとか、夢を制御して気にかかる謎を解明するためにシャーロック・ホームズの見習いに変装するとかして。
正門を飛び越えると質問が噴出します。誰が、どこで、どのように、何故？　全てを知りたいのです…。
大理石やブロンズで装飾された大型本の中でページからページへと答えを探すように、この途方もない劇場の舞台裏での好奇心が墓から墓へと伝っていきます。
ここは、生者の町から遠く、わき道にそれた散歩道。
時間はもはや同じ速さではなく、鳥達は天上の調べを歌っています。秘密を共有するとみられる彫像達の好意的なまなざしの下、屍肉を食べるといわれているブナの木とピラミッドとの間で、一群は、あちら側にもっと素敵に現れるように、こちらでは姿を消すように見えます。
突然、毎夕の閉門を告げる役所の鐘の音が聞こえました。それは弔鐘ではなく、現実への回帰です；それゆえ、多くの発見に富むこの場所を、その精神とその影に任せて放棄しなければなりません。もう一度戻ってくるまで、この短く過ぎ去った瞬間を別の側の記憶に留めるでしょう…ある秘密として。

**ヴィトゥルーヴ** *学校は、パリ 20 区にある公立の小学校です。*

この学校における教育的実践は、国民教育省の視学官であり、GFEN（新しい教育のフランスグループ）の活動家でもあったロベール・グロトンの主導で 1962 年に始まりました。

それは、プロジェクトの実現を通して教えるという異質な学習方法と、両親の活動的な参加と一緒になった教師・生徒による学校の共同管理に基づいて設立されたのです。

2002-2003 年度に、CM2 の 41 人の生徒は、4-5 人の小さなグループになって、異なるテーマでパリの調査に着手しました。各テーマは以下の通りです。

―ジャクリンヌ・ミランダの話から引き出した中世の伝説
―パリの 6 カ所への訪問と調査：カタコンベ、エッフェル塔、ノートルダム、バスティーユ、パンテオン、カルナヴァレ博物館
―ブゼンバル・メトロの駅模型の実現（この模型はパリ交通公団へ寄贈され、この駅にいつも展示されている）
―アレクサンドル・デュマの生涯と作品の研究
―パリの 1 週間の出来事の調査、「都市の滑走」
―「講義中」（アカデミーとパリ市の芸術・文化・実践アトリエの枠内で）協会の 2 人の芸術家の支援を受けたレユニオンについての映画作成
―写真物語：「ペール・ラシェーズへのフーガ」

パリに関するこれらの学習成果は、3 つの教育課程（CE2, CM1, CM2；日本に対応させると小学 3・4・5 年生）の生徒 140 人に関連する、より包括的なプロジェクトの枠内で、2003 年 6 月の終わりに全ての保護者に発表されました。この発表の題名は、「パリ散歩」と命名されています。

## 写真物語の紹介

生徒の母親で写真家であるアンナ・ザヴォロンコは、ヴィトゥルーヴ学校でCM2（日本の小学5年生に該当）の生徒と一緒に教育の仕事を手ほどきし、それは、写真物語 からの『 ペール・ラシェーズへのフーガ』出版に至りました。
クラスの4人の生徒、アメリー、アルチュール、ベンガラ、およびダーラ、は数ヶ月に渡って毎週月曜日の朝、彼女と一緒に活動することを申し出ました。

アンナは、彼らに、パリにあるヨーロッパ写真館の図書館で、見つけた漫画と、複数の写真物語を紹介しました。彼らは、このジャンルの著作の周到さをより良く理解するために、画像を解析しテキストを研究しました。さらに彼らは、地域やそこでの生活について、考えをリフレッシュし交換しました。物語の大筋は決まり、話はペール・ラシェーズで展開することになりました。墓地の傍に住んでいても、あまり知っていないので、子ども達は足しげく墓地を訪れました。
クラスの全ての子ども達と一緒に訪問して墓場について解説するために、ベルトラン・ベイエルン氏と約束が取り交わされました。2時間半の間、子ども達は、幾つかの墓の過去の陰謀と神秘について、ベルトラン氏が熱中して語るのを聞きました。彼は子ども達に慎み深く思いやりをもって、尋常ではない愛の物語を打ち明けました；彼は、時間と人間の狂気の中を、子ども達に旅させました。
この解説を聞いた後、子ども集団はこの計画に参加することを決め、情熱的になりました。；彼らは、訪問し、インターネットで探し、オルトー通りとサン・ブレイズ通りにある図書館で、多くの自由な時間を費やしました。他の子ども達は書くことや、アイディアを出し、情報を保管し、総合化することを望みました。こうしてこの写真物語は集団執筆の本当の仕事、すぐれた歴史の理解書となったのです。
最初の出奔のアイディアは残りましたが、本質的にペール・ラシェーズの中に移りました。；子どもにとって、この墓場はとてもロマンティックな「小さな」村に変化しました。

*マルティーヌ・ビュファール*
*ヴィトゥルーヴ学校CM2 主任教諭*

## ジャック＝フランソワ・ピケ
**作家**

アンナ・ザヴォロンコ＝オレイニチャク：ある確かなまなざし
もし、アンドレ・ジッドの「大切なものはまなざしの中にあり、見た物の中にはない」を信ずるならば、アンナ・ザヴォロンコ＝オレイニチャクのまなざしは、人間性と博愛心を刻みつけられていることは明らかです：彼女の写真が、それを証明しています。人物に関わるときは、彼女は彼らとの間で伝わるある種の暗黙の合意が整えられることを知っていて、私達観客は決して唯一の「見物人」の役割に遠ざけられることなく、シャッターを切る瞬間を演じる勇敢な彼女と同様に冒険します。それが景色やオブジェに関するときは、この舞台装置内を動き回るか、問題のオブジェと特に選ばれた関係を保つ人物が現れる瞬間を待っています。もし、彼女が介入できる状態にある範囲を超えて少しだけ張り付いているようなら、オフスクリーンの限界があるのです。アンナ・ザヴォロンコ＝オレイニチャクは、写真家一家の出身であると自称しています―だから、技量あるいは才能を暗黙裡に継承する人と見なされます―としても、彼女と二つの修復と二つの非常に異なった作品*のために働いてみて、私にはそのようなまなざしは決して獲得出来ず、彼女の技能の正当性と感度を保つためには、日常的に課題の中に身をゆだねて、自分を鍛えていなければならないことが分かりました。したがって、存在感のあるこの本の中で、子どもの視点から彼女のまなざしの高みに身を置くならば、この「死の国への冒険」の中における軽快さとユーモアの価値を認められないのです。写真家はそれをよく理解し、私達はそのことに感謝します。というのは、彼女と本の時間のお陰で私達は物事を違う視点から見て、少女達の一人のように、私達は訪問を「人生は美しい！」という言葉で結論づけたい欲求を感じました。世界の灰色で不吉な空の下で、時にはそれを思い出すことはよいことです。ありがとうアンナ！

* 「ポールポジションにある一つのベルリエ車」、ルマンの若者と再挿入プロジェクトの枠内で制作した作品。
「ソワソンから離れて、海」ソワソンのル・コルビュジェ職業高等学校の生徒達と一緒に制作した作品。

**アラン・モレル**
**パリ市埋葬局長**

瞑想、敬意、生命の場所であり、文化と歴史の場所でもある、ペール・ラシェーズ墓地、これがパリのイメージです。皆のためのパリ、共生するパリ、泣き、思い出すパリ、そして今日のいつものパリ。

パリ市埋葬局は、全世界、全国籍の人々、男性・女性、若い人・年配の人達も出会える、共同で親しみのあるこの場所におけるこの本の制作に関わる全ての活動に参加しています。パリ市埋葬局は、子ども達の学習とこの本を支援し続けることを約束します。

平和と静謐のかくれ家でありながら驚きや発見の場所でもあり、パリで人々が最も訪れる場所の一つでもあります。この場所で、人は過去に旅し、人生をさまよいます。この本は、その流儀でパリ人の共同体に関与します。他の人の自由な時、あるいはアーティストや旅行者の探るようなまなざしは、ある人々のメランコリーに混ざり合います。

小学生と表したこの著作は、過去の痕跡と共に未来に向かう独創的で強い絆になりました。そう、これこそ、パリ！

# Fugue au Père-Lachaise

月曜日の朝、アルチュールはとても疲れてヴィトゥルーヴ学校に着いた。その上、彼は機嫌が悪かった。彼は、学校の玄関にある、語り手用のソファで眠り込んでしまった。

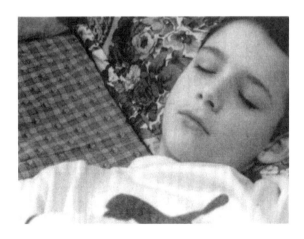

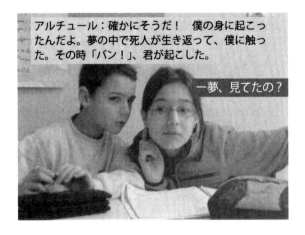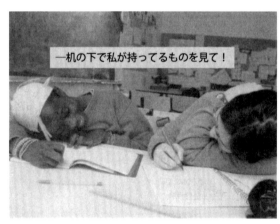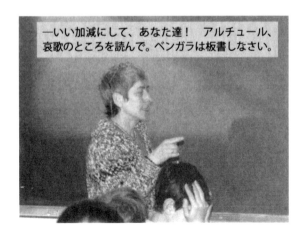

ベンガラ：いいわ、私にお菓子をくれるなら話すわよ。
ダーラ：いいわよ。
ベンガラ：待って！　アルチュールに、彼が賛成かどうか分かるように、一言書くわ。
ダーラ：でも、先生には、気をつけてね。
アルチュール：はい、はい。先生が、僕らとお菓子って宝物を、共有してくれたらなあ。
マルチーヌ：じゃ、休み時間にしていいです。

アルチュール：でさ、君達に言いたいのは…、そう、僕は、ペール・ラシェーズ墓地へ出奔したいってこと。
ベンガラ：出奔！
アルチュール：しっ！　コードは秘密だよ。承知？
ベンガラ：私はOKよ。ダーラは？
ダーラ：行きましょう。
ベンガラ：すごい、すごい、すごい！
アルチュール：しっ！　そう叫ぶんじゃない。目立たないようにしなきゃ。

―で、僕の計画って面白いかい？

―みんな同じ意見だね。

―道が開いてる。

―ベンガラ、急いで。ガードウーマンに見つかっちゃうよ。

―誰が一番速いか見せてあげる。

はや～く！

―自由よ！

すごい！ すごい！ すごい！
レユニオン広場！

―壁が別の建物を支えてるって感じね。

—がんばって、オーラ。それから、学校には特に何も言わないで。

—わー見て！
去年のレユニオン通りのお祭り計画のために描いたレリーフ「時の作品」だよ。

—自然公園で、一休みしない？
女の子達。

ガードマン：緑の首がもぐもぐ言ってる。

—ワーオ、卵だ！

—卵？
アルチュール：渡り鳥のワシのかな？
ダーラ：たぶん、子どもが復活祭の卵を忘れたのよ。

ダーラ：オタマジャクシ見た？

アルチュール：女の子達おいで、池で何を探しているの？
ベンガラ：クジラ達よ！

「ある池、ある草原、ある森の下生え、とんぼ達、ひなげし達、そして鳥達：ペール・ラシェーズ墓地を歩むと、思いがけず突然田舎風の自然が現れる。この庭は、モーリシャス諸島の絶滅危惧種の生物的多様性を保護している。ここでは、水も撒かず、毛も刈らず、野生の植物が花咲き、枯れて実を結び、家と木陰をとても小さい牧神に提供している。教育的アトリエは、小さなパリジャン達に、自然環境保護の大切さを、気づかせてくれる。」

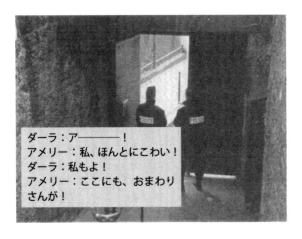

ダーラ：ア────！
アメリー：私、ほんとにこわい！
ダーラ：私もよ！
アメリー：ここにも、おまわりさんが！

アルチュール：あままあ、女の子達、僕がいますよ！落ち着いてよ、こんなの大丈夫さ。

アルチュール：ごらんよ、女の子達。
ダーラ：また（フレスコ）大壁画が。
ベンガラ：彼は、ガードマンにふさわしいわね。

アメリー：右か、左か、それともまっすぐ行く？
ダーラ：右の方にたくさんの人がいるわ。何してるのか見てみよう。

ベンガラ：冷静に！ 群衆に混じっちゃうよ。
ベンガラ：誰のお葬式？
ガードマン：アンリ・クラズキ氏のだよ。
アメリー：でも、クラズキ氏って誰なの。
ガードマン：子ども達は知らないのか？
全員：知らない！
ガードマン：フランスの大きな組合、労働総同盟の元書記長だよ。
ダーラ：あら、そう！
アルチュール：変だね。初めてお葬式を見たけど、テレビで見たのと違うよ。

アルチュール：
さあ、女の子達。僕達の冒険を忘れないでよ。

ベンガラ：おー！
エディット・ピアフ！
彼女の話知ってる？

伝説では、エディット・ピアフは、パリ20区にあるベルヴィル通り72番地の前、街灯の下で生誕した。事実、エディット・ピアフは、地域の病院であるトゥノンで生まれたに違いない。彼女の父ルイ・アルフォンス・ガシオンは、道端の曲芸師だったし、（彼女の）母アニタ・マイヤールは、叙情的な歌手だった。エディットは、母方の出身であるカビール人の祖母アイーシャに生後何年か預けられた。4才で失明したが、奇跡的に視力を取り戻した（猛烈な祈りの後に）。戦争中、エディット・ピアフは、自分のやりかたで、抵抗運動をした。ドイツ人から、フランスの戦争捕虜達の

前で歌う許可を取った後、彼女は、次のようなトリックを思いついて、120人の収容者を救った：彼女は、捕虜達と大きな写真を撮って、基地から戻った。パリへの帰路、彼女は写真をひき伸ばし、顔ごとに切った。これらの小さな写真を、前もって準備したパスポートに貼り、捕虜達の名前をうまく書きこんだ。しばらくして、ピアフは同じ基地に、別の特別興行をする許可を願い出た。そして、二重底のスーツケースに、120冊のパスポートを入れて、そこへ持って行ったのだ。

―ごま！、開け！

―宝物だと思う？

―しっ！ 子ども達！

アルチュール：ダーラ、僕達の写真撮ってくれる？

ダーラ：彼は、私達にほほえんでる。

—僕が見つけた物をごらんよ！シャーロック・ホームズの帽子だ！

  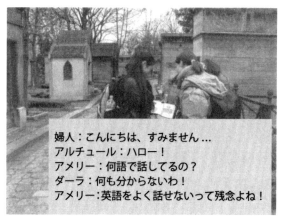

—彼は、私達に悪ふざけしてるの？
それとも、ここから出ようとしてるの？

—あるいは、ここに戻ろうとしてる。

婦人：こんにちは、すみません…
アルチュール：ハロー！
アメリー：何語で話してるの？
ダーラ：何も分からないわ！
アメリー：英語をよく話せないって残念よね！

ダーラ：死者は、昼は死んでるけど、夜には目覚めるって信じる？
アルチュール：死について、何も知らないよ。
アメリー：たったの10才だもの。
ダーラ：やれやれ、ほとんど11才だけど。
アルチュール：ねえ君達、大人達は、死について、もっと多くのことを知ってると思う？
アメリー：そんなことについて、話したことがないわ。
ダーラ：あんたは、墓地は死者のため、それとも生きてる人のためって思う？
ベンガラ：ペール・ラシェーズに来ると、死よりも生の方が、悲しみよりも喜びの方を強く感じるわよ。

アルチュール：僕は、どっちにしても、ここで悲しく感じない。ここは、青空美術館みたいだ。
アメリー：それに加えて、たくさんのことを学んだわね。
ダーラ：愉快なこと、奇妙なこと、面白いこと、意外なこと、ふしぎなこと…を見つけたわ。
アルチュール：ペール・ラシェーズの名称が、どこから来たか知ってる？
ベンガラ：ええ、ルイ14世の聴罪司祭で助言者だった人が、自分の名を墓地に残したのよ。
アルチュール：ブラボー！ ベンガラ！
ダーラ：たくさんのことを知ってるわね。
ベンガラ：ベンはーい。

アルチュール：わーお！　女の子達、おとぎ話のようだ、王女様を見つけるためには、どの道を行くべきか、僕に教えて！
ベンガラ：森で迷わないよう気をつけて。ミステリアスで、驚きだらけの道で一杯よ。
アメリー：あなたたち、木々を見たでしょ、すばらしいわね。墓地の庭師と伐採する人に感謝よ。

ダーラ：緑の目の黒猫は、不幸をもたらすって知ってる？魔女の印で悪魔の友だちよ！
アメリー：何とでも言うのね。私はもっと黒い猫を2匹飼ってるわ。
ダーラ：何も分かってないわ。悪魔があんたの身体に入って、あんたと一緒に何でもするから、私は悪魔がこわいのよ。
アメリー：うそ…。
ダーラ：あんたしかそれを見られないわよ。他の子達は何も見てないもん。
ベンガラ：不吉な話をするのはやめようよ！

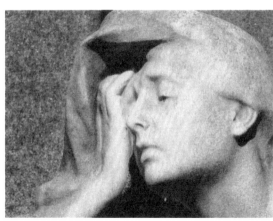

## いとしいエロイーズとアベラール、

私は、あなたと同じ問題によって絶望させられ、
ここに来た。

数年来、
私はナシーラという娘を愛しているが、
彼女の両親は我々を会わせないようにしている。
何故なら、彼女はイスラム教徒で、
私はカトリック教徒だから。

彼女の緑のまなざしは、
私に夏の花々を思い起こさせる。
私は、風になびく彼女の長い髪、
ほがらかな微笑みと繊細なシルエットが好きだ。
彼女のすずらんと春の薫りは、
私の子ども時代を思い出させる。
私は、彼女のおだやかさと誠実さが好きだ。

　　　　　　　　　　私達の愛が消えないように助けて
　　　　　　　　　　　　　　　　　マシアス

—アルチュール、声が聞こえたわ。
—何が起きているのか見に行こう！

だめ！ 墓地のガイド付き見学は今日。みんな、おとなしくなんてしていられないから。

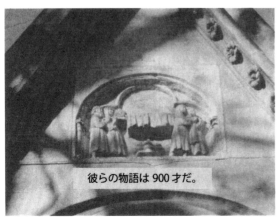

彼らの物語は900才だ。

同時代の偉大な知識人の一人で修道士、哲学者であり有名な大学教授でもあるアベラールは、友人フュルベールの姪である若いエロイーズの教育を任された。

師弟間で情熱的な愛が生まれた。すぐにエロイーズの叔父が彼らの関係に気づいて、彼らをひきはなした。しかし数ヶ月後、男子が生まれ、アストロラブと名づけられた。アベラールは、その新しい思想のために教会の代表者から迫害され、フュルベールによって生気を奪われて修道院にひきこもった。一方で、彼はエロイーズに寄宿女学校で信仰するよう励ました。

彼は修道院を移りながら、後にエロイーズに打ち明けた「慰め主」の隠れ家を見つけた。大修道院長になっても、教会と徐々に対立に陥った。クリュニー修道院へ避難後しばらくして彼は死んだ。

アメリー：同じクラスのマルチーヌよ。かくれて！
ベンガラ：みんなからかくれながら、墓地のガイドを聞こうよ！

神秘的な恋人「エロイーズとアベラール」は、宿命に射すくめられた12世紀の男と女だった。彼、情熱的な哲学者で、肉体的にうちのめされた彼は、しかしながら自分の信念と同じに生き、思い、存在する方法を教えた。

彼は、各々の信念の自由のために、残酷さや懲罰的で不寛容な方法に対して闘った。

アベラールへの愛を決して忘れまいと、女性としての願いを主張し、欺瞞を拒絶した彼女は、彼女の信念に最期まで忠実だった。

*このモニュメントは、いつものことであるが、スノッブと呼ばれるパリジャン達に敬遠された墓地を助成するために、1817年に慰め主クリュニーの修道院やシャロン・シュル・サオーヌ教会において修復された遺跡を基にして造られた。*

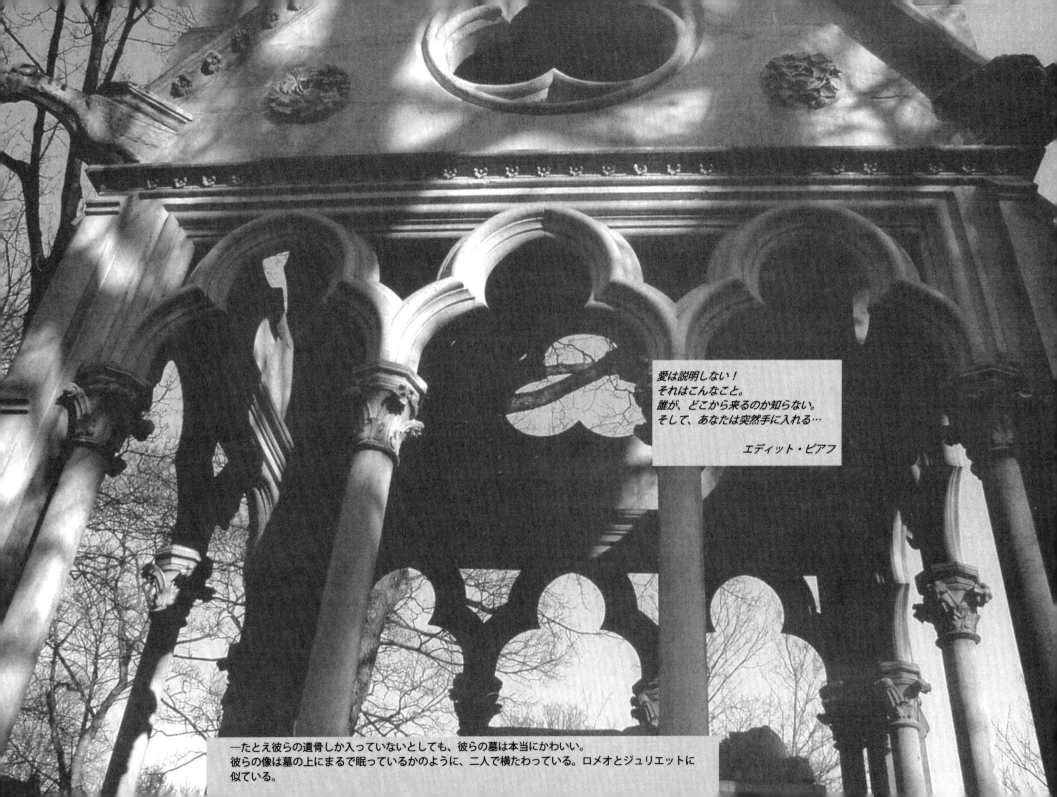

愛は説明しない！
それはこんなこと。
誰が、どこから来るのか知らない。
そして、あなたは突然手に入れる…

エディット・ピアフ

―たとえ彼らの遺骨しか入っていないとしても、彼らの墓は本当にかわいい。
彼らの像は墓の上にまるで眠っているかのように、二人で横たわっている。ロメオとジュリエットに
似ている。

左手に、ラヴァレット家の墓がある。ラヴァレット氏は政治的な事件で監獄に入ったが、彼の妻は夫の留守を耐えられず、あることをしようと決めた。

彼女は、夫を毎日訪問するようになった。

ある日、有罪判決前に、彼女は、もうすぐ出獄できると彼に告げた。伯爵は信じなかった。彼は、とても強固に警護されていたので出獄するのは不可能だった。翌日、彼女はまた来て、彼らの衣服をとりかえた。夫は妻をベッド上でピンと張られた大きなシーツの背後に隠して監獄に残し、出て行った。

晩に憲兵が来てたずねた。「ラヴァレットさん、何かお役に立つことはありませんか？」

別の方で、ラヴァレット婦人は憲兵が立ち去るように皿で音を立てた。しかし、これでは納得させられず、憲兵はシーツを持ち上げてラヴァレット婦人を見つけた。彼はすぐにラヴァレット氏を拘束しようとしたが、氏はすでに遠く、他国に辿り着いていた。ラヴァレット婦人は、監獄から自由になったが気がふれた。何故なら、彼女は至る所にスパイがいるのが見えると思ったから。

ダーラ：あら、普通の十字架があるわ、ロシア人の墓よ。

アルチュール：古くて神秘的な町にいるみたいだね。

ダーラ：丘があるわ、隅っこだと簡単に道に迷うわよ。

ベンガラ：墓地は44ヘクタールもあるの。パリ市内で最大の緑地よ。

アメリー：この大きな墓の後ろの墓（ナポレオン・ボナパルトの仲間であるルブラン統領の墓）は、マドレーヌ寺院みたいなの。見た？

―ある日、誰かがアルフレッド・ドゥ・ミュッセの墓の上に書いた言葉をベルトランは保存した：「アルフレッド、私は、フランス語のバカロレアで14点だったことを、いつまでも感謝しているよ。君は、本当の友達だ。」

―君達の左にうまく隠れているドラゴンの墓は、王政復古下において権力に抵抗する政治集会の重要なセンターになっていた。墓の周りの小路を変えて一般公開された。この決定に対して、反対派は彼らの主たるリーダーであったフォア将軍の壮麗な記念碑を一般応募によって建立することで、埋め合わせをした。

それから、記念タワーになったカジミール・ペリエ、彼もまた、政治的理由からペール・ラシェーズの小路を変えるよう許可した。ルイ・フィリップ政権は、フォア将軍の記念碑の成功に気をもみ、最上の位置に、より大きいカジミール・ペリエの巨大な全身像を建立した…

ベルトランは、ギョウム竜の物語を語るためにグループを左側の後方に連れて行った。

—この墓は、ギョウム・ラグランジュという、若い英雄の栄光を象徴する祈念碑だ。彼は、恐ろしくさみしいポーランドにおいて、1807年2月4日の戦闘で死んだ。彼の母親は、宝物のように思っていた一人息子にこの墓をささげた。ナポレオンのポーランド進攻中、危険な横断の最中に将軍が言った。
—誰が最初に渡るのか？
—私です！　若竜が叫んだ。
弾丸が彼の心臓を通り抜けた。
彼の最後の言葉は、「かわいそうな母！」

ベルトランはつけ加えた：この墓は、遺骸のない場所に建てられる墓標で、墓に彫られたギョウムの物語は、碑文と呼ばれている。

それは、最古の墓（1809年建立）の一つであり、ペール・ラシェーズの12大歴史的建造物と見なされる物の一つである。

ベルトラン：子ども達！　この扉の錠前はどこにある？
行ってさがそう！
私達のクラスの子ども達は、ついに錠前を探しあてた。
でも、いつも隠れていた私達はそれを見られなかった。

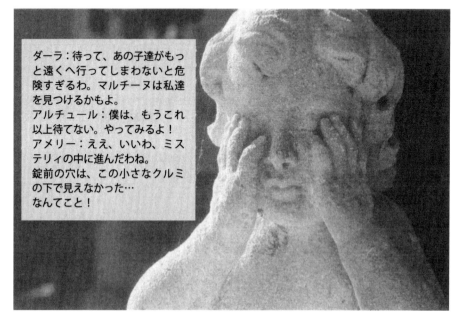

ダーラ：待って、あの子達がもっと遠くへ行ってしまわないと危険すぎるわ。マルチーヌは私達を見つけるかもよ。
アルチュール：僕は、もうこれ以上待てない。やってみるよ！
アメリー：ええ、いいわ、ミステリィの中に進んだわね。
錠前の穴は、この小さなクルミの下で見えなかった…
なんてこと！

—鎖につながれたプロメテウス

—あ！ パルマンティエ氏だ！

ベルトラン：君達の右側で、もっと離れたところにあるウィットマン家の墓の上に誰かが書いている：
「人間の幸福は、働くことに起因する。」この家族にとって、労働は大変重要だった。彼らは、父から息子へと譲渡される工場で働かねばならないが、もし誰かが死んでも、工場は生き続けるので、深刻な事態にはならなかった。
墓のシンボルは、高く燃えあがる火を伴った２つの燭台。これは生命が続いていることを示す…生命は死よりも強い。そして、上には何が見える？マルタと書かれている：巣箱。
他の子ども達は、くり返した：これはミツバチのシンボルだ…だから労働のシンボルなんだ。

行こう、僕についてきて！ 君達に、素晴らしい人を紹介するよ。

ロベールソン氏の墓は、幻想的なシルエットで、ミミズクの羽をつけた頭蓋骨で飾られた石棺の形をした奇妙な墓だった。

彼は、2つの情熱をもっていた。熱気球で飛行することと、見物客達の間に恐怖を募らせる魔術幻灯劇を発明することと。

ロベールソン氏は、モンスターや骸骨を、効果音と共に出現させた。この怖がらせる演出で、人々は両眼を覆って泣いた。

ある日、ロベールソン氏は、魔術幻灯劇の独占権を失った。群衆を驚かせ続けようと、彼は聖ペテルブルグからマドリードまで、ヨーロッパ中で熱気球を見せることに取り組んだ。

このようにして、彼は世界で2番目に飛行した。

ほらここに、デミドフ・ストロガノフ王子の墓がある。彼の息子は、祖国ロシアのシベリアを思い出させるシンボルを彫るように頼んだ。

王子は、死を前に、こう言った：*私の墓で、1年間とどまった者は、私の遺産（100万ルーブル）を相続するだろう。* しかし、誰も成功していない。なぜなら、それは伝説でしかないからだ。

金を打つ槌や、狼の頭とクロテンの毛皮は今日保管されている。

死者達の家族によって時々植えられたり、自然が種まきした木々は、死肉を食べるようになった。時の経過で木の根が成長し、同じ状態を維持できなくなった墓を持ち上げている。

根っこ達が棺を開け、死体をしばっていると噂されている。
それは、生は死よりも強いことを示している。

この愛の告白は、木と共に成長している！

ほら、多分、それって何？
クレマンとアンドレアが謎を解こうと試みた。
ベルトラン：それはシャップ氏という腕木式通信機を発明し、つくった人だよ！　それは村から村へと伝達するための機械なんだ。このシステムは、大気光学テレグラフと呼ばれている。

テレグラフは、ベルヴィルの山頂と、モンマルトルの聖ピエール教会の鐘の上に設置された。

ここは、仮の地下埋葬室だよ。順番を待っているんだ。
誰かがいつも待っている。でも、同じ人じゃないね。

ベルトラン：ほら、そこ、ふり返って…
ここに、フランスで以前、首相であったカジミール・ペリエ氏がいるよ。
それで？
ええっと、首相像の頭をよーくながめてみて。ミツバチが静かに住みついてしまって、頭に穴をあけてしまっている。ミツバチはそこに巣をつくり、それはパリで最も隠されている巣だ。それがペール・ラシェーズのはちみつだ。

子ども達：本当？

―決してそんなことはないよ。冗談だよ。もう何年も前からハチの巣はないよ。首相の像はパリ市によって再建された。でもミツバチは、ある場所を長く記憶にとどめていて、今もここにやってくるんだ。

首相は1832年に、コレラで亡くなった。

この胸像が所定の場所にないとは、とても運がよい。ラスパイユ家の墓の近くで、消えてしまった墓に属していたと思う。胸像は、他の墓の近くへと転がったので、その家族は盗まれた胸像に置き換えることを承諾した。ナヴェルは、ベルトランに、この話をどんな風にして知ったか尋ねた。彼は、1900年製の郵便はがきを取りだした。そこには、今日消えてしまった墓と問題の胸像のデッサンが描かれていた。

シャンポリオンはヒエログリフをどう解読するか発見したので、彼の墓はオベリスクの形をしている。

―ラスパイユ氏が投獄されている間に夫人は死んだ。彫刻家は、監獄の格子から夫に永遠の別れを言いに来ているラスパイユ夫人の亡霊像をつくった。

ベンガラ：どうして、人々はお墓の上に、尋常じゃないものを置くのかしら？

ダーラ：多分、彼らの子ども達がここで休んでいるからじゃない？

アメリー：おそらくだけど、その子たちが好きだったおもちゃだから…

アルチュール：彼らが、寂しくないように。

ベルトラン：君達は、サラ・ベルナールという、舞台の大女優がこの墓地で休んでいるって話を知ってる？ 彼女は死ぬ前に、自分のサロンに棺を置き、死の観念を習慣づけようと、棺の中で昼寝（シエスタ）した。

彼女の住まいは、実験動物飼育場に改装され、彼女は虎さえも飼っていた。彼女は、とても有名な女優で、片脚は木製のものだったが、それにも負けず演じ続けたのである。

ベンガラ：じゃあ何をする？　隠れんぼを続ける？
アメリー：まだ見るべきものがたくさんあるし、その上４人だと素早くできるよ…。
ベンガラ：じゃ、自由にしよう。
アルチュール：僕は君達といることがうれしい。人生って美しくないか、女の子達？
ダーラ：おなかがすいた。
アメリー：うわごと言ってる！　だけど、あんたは墓地でお店を見つけられないわよ。
アルチュール：多分、ペリエ氏像の中には、はちみつが少し残ってるんじゃないかな？
ダーラ：おもしろい人！

アルチュール：おや、ショパンの墓だ。マダム、彼について、すこし私達に話してくれますか？

婦人：死ぬ前にショパンは、パリに埋葬はするが、心臓は彼に全てを教えて彼に音楽をつくらせた母がいる祖国ポーランドへ送るように頼んだ。伝説ではこう伝えているわ：もしも西からの風がワルシャワの聖クロワ教会の2本の柱の間で息を吹きかけたら、ショパンの音楽が聞こえるってね。

ベンガラ：ごらんなさい、私は言葉を見つけましたよ。ポーランド語だと思うんです。マダム、私たちに訳してもらえませんか？

婦人：もちろんよ、子ども達。さあ見せて。

*私を許しておくれ、私はあなたのための花を持っていない。しかし、おそらく天上にいるあなたに花は必要ないわよね？*
*あなたが長生きしなかったとしても、ポーランド人全ての中で最も偉大でした。*
*今は天使達があなたのメロディーを歌っているわ。*

*平和の内に休む、*
*あるポーランド女性から、あるポーランド男性へ、*
*2003年3月21日*

婦人：トゥーサン（万聖節）で、ポーランド人は彼の墓に集まるようになったの。彼がポーランド移民のシンボルになっていたからね。人は彼の墓に、多くの花やろうそくを置いたの。

ダーラ：なぜ？

婦人：11月1日、この日にはカトリック教会もその他の宗派も死者に敬意を表すの。これは、彼らを思い出す方法なのよ。この日は、季節の花々と共に、家族達がお墓の周りで再会する日なの。だから、みんなの祝日なのよ。

アルチュール：はい、花屋をのぞいてだけどね。

*ジョルジュ・サンドの婿クレサンジェが、死によってまぜ返される前に魅力的な顔だちの複製をつくった。*

ダーラ：私を驚かせるのは、お墓の上に置かれた小石を見かけることよ。

婦人―ユダヤ人のこの伝統は、死者に敬意を表しているの。訪れた人各々が、墓の上に小石を置くのよ。だから、多くの小石を集めた墓には、より多くの人が瞑想しにやってきたと言うべきね。
反対に、切り花を墓に置くのは生命を奪う別の方法を象徴しているから、不適切とされているの。この伝統ゆえに、死によって死を開花させないのよ。
この古いユダヤの伝統は、今日ではずいぶんと広まっているわよ。

—グラム氏、発電機の発明者。

—アスチュリア、ノーベル賞受賞者。

ベンガラ：覚えてる？　去年レユニオン通りとパリ・コミューン通りとで学習して、学校から墓地に来たことを。
アルチュール：両親も一緒にね。
アメリー：ええ、よく覚えているわ。とても暑かった。
ダーラ：この地域では、これほどのサプライズや秘密が隠せちゃうってことを知らずに…

ダーラ：私がみつけたものを見てごらん。この貝や石は何を言いたいのだろう。
アルチュール：分からない。何でも分かるわけじゃない。
アメリー：ねえ、彼よ。彼はとても愛した妻を見つめてるの？
ダーラ：おー、私は彼らの物語をとても知りたいわ。

―ジアン氏、ならず者の心無い蛮行の犠牲者。

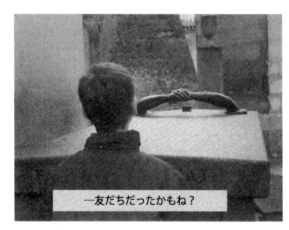

―すばらしいよ、女の子達、僕は幸せだ！

アメリー：ここは町みたいね。死者でさえペール・ラシェーズにアドレスを持ってる。

―ここでは、すべての宗教が見つけられるよ。

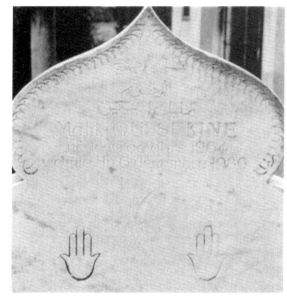

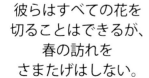

彼らはすべての花を
切ることはできるが、
春の訪れを
さまたげはしない。

マリク・ウセキネ：
花のさかりに召された若き病人の人生

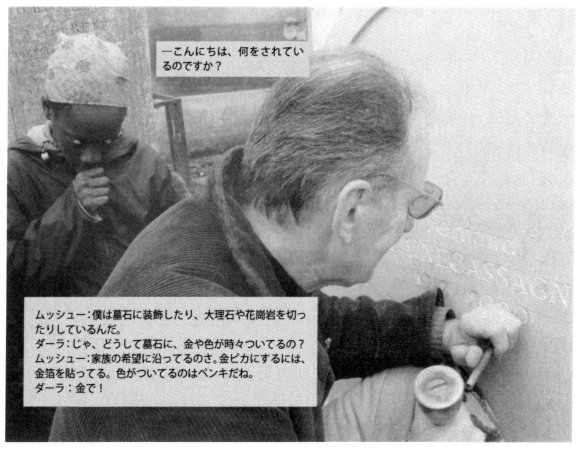
―こんにちは、何をされているのですか？

ムッシュー：僕は墓石に装飾したり、大理石や花崗岩を切ったりしているんだ。
ダーラ：じゃ、どうして墓石に、金や色が時々ついてるの？
ムッシュー：家族の希望に沿ってるのさ。金ピカにするには、金箔を貼ってる。色がついてるのはペンキだね。
ダーラ：金で！

―バルザック氏はかってポーランド人エヴリヌ・ハンスカの恋人だった。彼女は結婚していたので、彼女の夫が死ぬまで20年待った。彼らは結婚し、数ヶ月共に過ごした。彼の最後の作品を出版したのはハンスカ夫人だよ。

―ほらそこ、塔にとまった雌鳥に向かって恋をしている雄鳥たちのコーラスが！。

アメリー：ここはわたり鳥の王国ね。この煙突が20メートルあるって知ってた？

―オー！ ヴィクトル・ユーゴーの家族だ。でも、彼自身はここじゃなくてパンテオンに直接埋葬されたんだ。

―ユーゴーの2大友人、モリエールやラ・フォンテーヌは？
ベルトランは、彼らは墓地を宣伝するために、ここに埋葬されたんだ、と言った。

―僕は、こういう本の形をしたお墓を見たことなかったよ。

アメリー：私は、ヴァカンスのとき、祖父の墓に水をかけたわ。
ベンガラ：私、ベンは、近親者が埋葬されるのを見たことないのよ。

―私は3才のとき、昆虫（キリギリス、バッタ）を埋葬して大泣きした。

―なぜ、人って磨かれた銅の胸像をなでるの？

―亡くなった人とコミュニケーションをとって、彼の死を越えた神秘的な力やエネルギーを受け取るのよ。

―痛っ！ 手が像にくっついた。これって降霊術ってこと、カルデックさん？

―壮大だね！

アメリー：同じ間隔で、たくさんの標示板が続いているわ。
アルチュール：これ何ていうか知ってる？
アメリー：いいえ。
ベンガラ：きっと、この大きな建物内で茶毘に付された人達の遺骨よ。そばで働いてる人にきいてみよう。ムッシュー、ムッシュー！　これ何ていうの？
ムッシュー：納骨堂だよ。ラテン語のハト小屋さ。26,000もの箱が鳩の巣に似ているから、夢みてしまう。

―ナチスが名前まで消し去りたいと望んだ、フランスのために死んだレジスタン。

―十字架も、傾いた松明も、砂時計も、彼の誕生日や命日さえもないけれど、すてきな車のラジエータ（放熱器）の前で「並外れたハンドル」はレースに勝ったことを微笑んでいるわ。

―すてきなご婦人、あなたはハリー・ポッターを読んでる？
―いいえ、大きな子、申し訳ないけど、私は別の時代の人間なのよ。

ダーラ：いくつかの彫像はシートで覆われていたの知ってた？ 時代にショックを与えてるね。

アルチュール：いいや！

—ここでは、時々、映画「指輪物語」の中にいるように感じるよ。

—アイルランド人作家オスカー・ワイルドは、フランスで生きることを選んだ。

—なぜ傷つけるの？

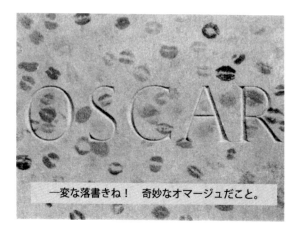

—変な落書きね！ 奇妙なオマージュだこと。

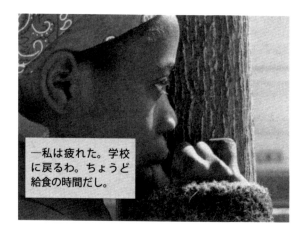

—私は疲れた。学校に戻るわ。ちょうど給食の時間だし。

ベンガラ：うそ！　本物の食事。でも、これはなぜ？
アルチュール：さあ、ダーラ、君は魔法に成功した。
ダーラ：そう！　ついに私は食べることができるのよ。
―ねえ、子ども達、さわるんじゃない、君達用じゃないって、ガードマンが書いてるだろう。
アメリー：じゃあ、これは誰のため？
ガードマン：これは、映画の撮影チームのためだよ。
ダーラ：すてき！　彼らはここで映画を作ってるの？
ガードマン：そうだよ。だけど例外的にね。
ダーラ：残念…。
アルチュール：ダーラ、僕も長い間空腹だったと君に白状するよ。だけど、空腹よりもっと強く冒険にひきつけられてたんだ。それで、空腹だからぼくらの冒険は終わりにしようよ。僕の提案を承知する？
ベンガラ：もしもこの墓地の壁や像が話せたら、どんなに奇妙なことを私達に話してくれるのかしら？
アルチュール：彼らは僕たちに過去と現在のパリの歴史を語ってくれるだろうね？
ダーラ：それと、直ぐ近くの地域のこともね。シャロンヌ、レユニオン、メネルモンタン、ベルヴィル、そしてガンベッタ。

アメリー：ブー！　私は亡霊だよ。
アルチュール：やめろ！　アメリー、怖がらせるなよ。
アメリー：気難しい人ね…。
アルチュール：ここから出よう。戻らなくっちゃ。おしまい。

交霊術者、
政治家、
映画やショーの関係者（興行師）、
画家、
歌手、
芸術家、
作家、
小説家、
詩人、
作曲家、
音楽家、
学者、
科学者、
発明家、
飛行家、
軍人、
セレブ、
才媛、
それに、無名かとりわけて世の中に知られていなくても
セレブリティと同水準で美しく堂々としている多数の人のお墓に出会った。

ダーラ：さあ、別の冒険が待ってるわ…
アルチュール：学校への帰還だ！

| | | | |
|---|---|---|---|
| アガタ | クレマン C | エクトール | ミカエル |
| アマン | クレマン P | カルティア | ミュレ |
| アンドレ | クレマンティ | レア | ナシラ |
| アンドレア | エリザベス | レオ | ナヴェル |
| アンナ | エルザ | レオナール | ニコラ |
| ブレーズ | エリ | ローラ | オラ |
| ブルーノ | エミール | マルト | サミュエル |
| カロリーヌ | ガランス | マリエム | トリスタン |
| シャルロット | アドリアン | マシアス | テュグデュアル |
| | | | バランタン |

Amélies  Arthur

Dalla  Bengalo

## 謝辞

CM2 の生徒と、写真撮影や文章表現によって、この仕事を可能にしたヴィトゥルーヴ学校へ。

熱意にあふれた参加とアイディアに対して、生徒達へ。
マルト・フィッチ、オーラ・ザヴォロンコ、アレキサンデル・ドゥパルトゥへ。
ＣＭ２主任教諭、マルティーヌ・ビュファールへ。

貴重な助言と情報を寄せてくれたペール・ラシェーズ墓地管理員のティエリー・ブウビエとそのチーム全員、
および墓地サービスの歴史家クリスティアン・シャルレへ。

文書研究と情報処理コンサルタントに対してマレク・オレイニチャクへ。
タイプの校正に対してニコール・アルベールへ。
注意深い読解と助言に対してドミニック・フィエスチとピエール＝アラン・ブートリへ。

―このプロジェクトの遂行を可能としたグラフィックライブラリへ特別な感謝。

この本の出版は、パリ市埋葬局局長アラン・モレルの貢献によるところが大きい。
―パリ市埋葬局―

**Services Funéraires**
VILLE DE PARIS

そして、パリ 20 区の区長と、助役のジャン＝ミッシェル・ローゼンフェルのサポートに等しく感謝。

## フランスの学校系統図

| 学年 | 年齢 |
|---|---|
| 18 | 24 |
| 17 | 23 |
| 16 | 22 |
| 15 | 21 |
| 14 | 20 |
| 13 | 19 |
| 12 | 18 |
| 11 | 17 |
| 10 | 16 |
| 9 | 15 |
| 8 | 14 |
| 7 | 13 |
| 6 | 12 |
| 5 | 11 |
| 4 | 10 |
| 3 | 9 |
| 2 | 8 |
| 1 | 7 |
|  | 6 |
|  | 5 |
|  | 4 |
|  | 3 |
|  | 2 |

高等教育: 見習い技能者養成センター、職業リセ、職業バカロレア取得過程、教員教育大学センター、大学院レベル、技術短期大学部、中級技術者養成課程、グランゼコール、グランゼコール準備級、各種学校

中等教育: リセ、コレージュ

初等教育: 小学校

就学前教育: 幼稚園・幼児学級

（□ 部分は義務教育）

**文部科学省生涯学習政策局調査企画課、『諸外国の初等中等教育』**
**平成14年1月より**

## フランスの小学校各教科　週当たり授業時間数（26時間／週）
（2002年当時）

### 基礎学習期　（準備級、初級第1学年）

| 領域 | 最低時間数 | 最高時間数 |
|---|---|---|
| フランス語 | 9 | 10 |
| 学級の時間 | 0.5（週ごとの討論会） ||
| 数学 | 5 | 5.5 |
| 世界の発見 | 3 | 3.5 |
| 外国語または地方言語 | 1 | 2 |
| 芸術教育 | 3 ||
| 体育・スポーツ教育 | 3 ||
| 日常活動 | 最低時間数 ||
| 読み書き | 2.5 ||

### 深化学習期（初級第2学年、中級第1学年、中級第2学年）

| 領域 | 教科的分野 | 最低時間数 | 最高時間数 | 領域の時間数 |
|---|---|---|---|---|
| フランス語・文学と人間の教育 | 文学 | 4.5 | 5.5 | 12 |
|  | フランス語 | 1.5 | 2 |  |
|  | 外国語または地方言語 | 1.5 | 2 |  |
|  | 歴史と地理 | 3 | 3.5 |  |
|  | 集団生活 | 0.5 | 0.5 |  |
| 科学教育 | 数学 | 5 | 5.5 | 8 |
|  | 科学 | 2.5 | 3 |  |
|  | 実験・技術 |  |  |  |
| 芸術教育 | 音楽・視覚芸術 | 3 | 3 |  |
| 体育・スポーツ教育 |  | 3 | 3 |  |
| 横断的領域 | 時間数 |  |  |  |
| 言語とフランス語の技能 | すべての教科的分野の中の13時間を割り振る 通常2時間を聞く・書く活動に当てる ||||
| 公民教育 | すべての教科的分野の中から1時間を割り振る 0.5時間は週ごとの討論会に当てる ||||

B.O.2002. Hors série n-1 du14 février, HOREIRES ET PROGRAMMES D'ENSEIGNEMENT DE L'ECOLE PRIMAIRE III -Cycle 2 : IV Cycle 3

## 訳者　あとがき

　この本の原題 "fugue au Pere-Lachaise" を直訳すると『ペール・ラシェーズ（墓地）へ出奔しよう・フーガを作ろう』なので、『ペール・ラシェーズへのフーガ』として翻訳してきましたが、それではパリの小学生が授業において創作した意義が我が国で伝わりにくいと思い至り、邦訳を『パリの小学生とペール・ラシェーズへ』としました。fugue のもつ多義性を掛詞として小学生が発想するところから、物語は展開していきます。

　その在り様は、私が出会った日本の子ども達の発想や、協働による創造表現過程などと通じるものがあり、どの国においても、子どもには興味が尽きません。

　それにつけても、出版までようやくたどり着けたのは、ヴィトゥルーヴ学校の保護者として子ども達に写真に関する手ほどきをしつつ撮影した写真家、アンナ・ザヴォロンコ＝オレイニチャク氏が翻訳を許諾してくださったおかげです。有難うアンナ！

　等しく、当時の担当教諭と学級の全員にも感謝しています。とりわけ、物語を発想・構想し完成させた４人の子ども達に！

　本を出版させるまで尽力したアラン・モレル氏をはじめとする多くの方々のお仕事にも感心いたしています。

　加えて、翻訳権について幾度もお世話になった㈱日本ユニエージェンシー様、出版に関して懇切丁寧な助言と校正等をしていただいたBookWay の湯川勝史郎様・黒田貴子様にお礼申し上げます。

　そして、出版を前にして本書を熟読の上、身に余る推薦文まで書いてくださった現・美術科教育学会代表理事で聖心女子大学教授の水島尚喜氏と北海道教育大学教授で元・北海道教育大学附属札幌中学校校長の佐藤昌彦氏に深謝いたします。有難うございました。

　最後に、平成４年度の東京都教員研究生として筑波大学大学院研究科／博士課程・藝術教育学研究室で学ばせてくださって以来 20 年以上ご指導いただき、翻訳出版に際しても叱咤激励してくださった、日本の美術教育の第一人者であり平成 28 年に瑞宝中綬章を受賞された元・筑波大学大学院教授　宮脇理先生に衷心より感謝申し上げ、終わりの言葉といたします。

## 訳者略歴

昭和29年誕生、広島大学教育学部中等教員養成課程美術科在学中に文部省給費留学生としてパリⅣ大学留学、フランス国立セーヴル高校にて教育実習

| | |
|---|---|
| 昭和54年 | パリⅧ大学芸術学部造形芸術学科修士課程修了 |
| 昭和57年～ | 江東区立辰巳中・砂町中時間講師を経て、大田区立大森第十中・品川区立八潮南中美術科教諭、渋谷区立長谷戸小・加計塚小図画工作専科教諭を務め、平成25年退職 |
| 昭和63年～平成4年 | 日仏共同研究会美術部門参加 |
| 平成3～19年度 | 文部省中学校美術科指導資料作成者、教育課程審議会美術部会委員、生涯学習審議会専門委員など |
| 平成4年度 | 筑波大学大学院研究科／博士課程・藝術教育学研究室（東京都教員研究生） |
| 平成14～18年度 | 国立教育政策研究所「教科等の構成と開発に関する調査研究」協力者 |
| 平成17年度～ | 社団法人日本美術教育連合理事、監事、公益社団法人日本美術教育連合運営委員 |
| 平成20～21年度 | 東京都教職員研修センター主催の東京教師道場　芸術（図画工作・美術）助言者 |

---

パリの小学生とペール・ラシェーズへ（写真物語）

2017年10月5日発行

著　者　　アンナ・ザヴォロンコ＝オレイニチャク
撮　影　　アンナ・ザヴォロンコ＝オレイニチャク
翻訳者　　藤崎典子
発行所　　ブックウェイ
　　　　　〒670-0933　姫路市平野町62
　　　　　TEL.079(222)5372　FAX.079(223)3523
　　　　　http://bookway.jp
印刷所　　小野高速印刷株式会社
©Noriko Fujisaki 2017, Printed in Japan
ISBN978-4-86584-257-9

---

乱丁本・落丁本は送料小社負担でお取り換えいたします。

本書のコピー、スキャン、デジタル化等の無断複製は著作権法上での例外を除き禁じられています。本書を代行業者等の第三者に依頼してスキャンやデジタル化することは、たとえ個人や家庭内の利用でも一切認められておりません。